三联书店

王锋　笔名雪狼，武警政治学院院长，少将警衔。中国作家协会会员，北京书法家协会会员。出版诗集六部：《醉逸》《雪狼》《冷梅》《剑舞秋月》《笔墨兵心》《铁血红韵》，并在《诗刊》《诗歌月刊》《解放军文艺》《海外文摘》及《人民日报》《解放军报》《人民武警报》等报刊发表诗作300多篇，多次获奖。

# 天窗的随笔

王锋 著

生活·讀書·新知 三联书店

**图书在版编目（CIP）数据**

天窗的随笔 / 王锋著. —北京：生活·读书·新知三联书店，2017. 7
ISBN 978-7-108-06045-7

Ⅰ. ①天… Ⅱ. ①王… Ⅲ. ①诗集-中国-当代
Ⅳ. ①I227

中国版本图书馆 CIP 数据核字（2017）第 157143 号

责任编辑 王秦伟 成 华
内封题字 萧 风
封面设计 米 兰
责任印制 黄雪明
出版发行 生活·讀書·新知 三联书店
（北京市东城区美术馆东街 22 号）
邮 编 100010
印 刷 江苏苏中印刷有限公司
排 版 南京前锦排版服务有限公司
版 次 2017 年 7 月第 1 版
2017 年 7 月第 1 次印刷
开 本 880 毫米×1230 毫米 1/32 印张 7. 5
字 数 130 千字
定 价 48. 00 元

# 天窗的随笔

萧凤题

# 当军旅诗人邂逅海派文化

马尚龙

王锋将军的第七部诗集《天窗的随笔》出版了。出版前，王锋将军嘱我写序，我先是推辞，因为我自知很难精准把握军人的气息和气场。但一直以来，我对王锋将军的军旅诗作都充满敬意，尤其是，这是他到上海工作后的第二部诗集，我也很想知悉一个北方籍军人对上海的“诗情话意”。于是，我答应了。

在进入王锋的诗作时，我想到了和他的初次相识。

第一次见到王锋，他身着便装，非常低调和随意，未待介绍，便看出了王锋眉宇间的军人气度，十分明显，豪迈的、坚定的，但是在豪迈和坚定中，分明闪烁着儒雅和睿智的底蕴。

后来又见到了一身戎装的王锋，他微笑，微笑都有着军人的棱角。我已经知道了他的武警政治学院院长和少将警衔身份，但在他军人式的豪迈神情中，我仍旧发现了几乎不露痕迹的诗人气质。

于是我开始猜想王锋。一个将军的豪迈，是如何切换到诗人的多愁善感？一个诗人的不羁，是如何植入在常人看来平淡甚至枯燥的军营生涯？军人是严谨的，诗人是率性的。身为军人，偶尔写写文章已经难得，至于写诗，而且还写到了风格鲜明、意境浮现，其中一定有与众不同的缘由。而我更想知道的是，王锋为什么能够兼具将军与诗人两种身份。

某一天倒是应了“功夫在诗外”这句话，我从王锋的诗外进入了王锋的诗里。

我应邀去武警政治学院去做一个演讲，谈谈上海和海派文化。在我进入会场前，学院官兵已经陆续进场。

差不多还有一刻钟的时候，突然有位军人到了台上，一个军礼，旋即指挥着自己的方阵唱起了部队歌曲；这一个方阵歌声刚落，又有一位军人奔到台上，指挥着另一个方阵唱歌；而后又有第三个方阵第四个方阵……军人的合唱未必是最有水平的，却一定是最有气势最有自己风格的！最后一个方阵唱罢，时间不多不少，恰是开讲的时刻。如若不是身临其境，根本无法感受到部队纪律之谨严，气氛之热烈，歌声之青春，气势之雄浑！而一旦感受到时，我都情不自禁有作诗的冲动。直至讲座结束，官兵们列队回营房，仍旧是军人风范，我目送他们，像是在看大阅兵一样。

在会场里，身为将军的王锋就坐在其中一个方阵里。倏忽间，我想到，37 年前王锋入伍的时候，也就是某个方阵的新兵，而后是某个方阵的领唱，再后是某个连某个团的领衔……37 年的军队文化浸染，才是王锋诗歌的灵魂。我没有问王锋是否在 37 年前入伍时就写过诗，但是我相信他一定就在那一刻在心里写下了第一首诗。他的诗龄和他的军龄同样地悠长而骄傲，他的诗歌和他的军队生活交融在一起难分彼此。

王锋的军旅足迹行至哪里，他的诗歌豪情挥洒到哪里；王锋的生活印记印在哪里，他的诗歌才情渗透到哪里。

“摸摸从当兵那天起/就没放下过的枪/像父亲的锄头/挺立在我肩窝”“三十七载/剑舞秋月冷/三十七载/笔墨兵心醉/三十七载/铁血红韵稠”。读着这样的诗句，我品味出了唐朝边塞诗“醉卧沙场”的悲壮气概和浪漫。没有到过边塞，写不出边塞诗的意境；同样，如若不是在军队几十个春秋，也无以体验剑舞秋月的清冷、无以享受笔墨兵心的沉醉、无以浸染铁血红韵的稠密。我只是在武警政治学院会场里短短的几小时，已经有了情不自已的感受，更何况王锋几十年军旅生涯的日积月累，而且他从来都是一个满怀诗意的人。军旅生涯是枯燥乏味的，但是对于一个诗人来说，枯燥乏味恰恰是诗兴大发的玄妙时机，因为在他看来，这一切都足以幻化为诗的意境……

诗意是需要情怀的。王锋的情怀是什么？是雪狼的情怀。雪狼是王锋的一个笔名，也是他军旅诗意的情怀。“战袍披‘醉逸’/冷梅御寒冬/雪狼啸天/花弄影”。我曾多次观察纪录片中雪狼的足迹，做一头雪狼不是一件容易的事情。大雪无痕，没有任何充饥食物，唯有啸天的自己，却仍要坚守到冬去春来花弄影。这也是军旅生涯的象征。不得不说，诗人的情怀和军旅生涯在王锋的诗中具有极高的重合度。不是每一个军人都会写诗，但是假如满怀诗情的人经历着军旅生涯而不写诗，那是对自己生命的一种辜负。

有军旅生涯，有诗人情怀，或许就可以写诗，但对王锋来说，还缺少一个要素。“酒深似海/从远古流淌到今世/有多少雅人俗士/一路醉过”。千百年来，几乎所有的诗人，没有酒就没有诗。李白“花间一壶酒”“对影成三人”的意境，也正是每一个诗人追求的妙境。不仅杯中有诗，诗兴需要酒作为助推火箭，而且诗中有酒，诗中的酒堪称世界上最美的酒。“葡萄美酒夜光杯”的意境，王锋一定是沉醉其中的，因为在他的诗中，酒几乎贯穿始终：“光明正大地醉/醉得正大光明”。我一直认为，在中国，喝酒才是文化，因为酒，人的才情被点燃、绽放、升华。我认为，王锋的诗作尤其是军旅诗作，因为有了酒的推波助澜，才与众不同。

从边塞到情怀到酒意，我估摸我猜想到了王锋，至少猜到了大半，但是有一个情结，是我没有猜到的，那就是王锋的江南梅雨情结。大凡在江南生活的人，都是比较烦梅雨的，潮湿、闷热、滑腻、晴雨无常……但是对于初来上海的王锋来说，梅雨简直就是一个美人，一个很作的上海女人。无论黄梅天怎么不爽，在王锋的眼里，竟都是美意翩翩："一群江南织女/相约在仲夏时节/于大地上刺绣/挑雨为针/拈香走线/密密地缝制着/梅子的霓裳嫁衣"。我一直在猜想豪放的王锋、雪狼的王锋、将军的王锋，为什么对缠绵的梅雨怜香惜玉？想来，王锋作为诗人，必定多情；久居北方初来上海，邂逅梅雨，诗人的热情生发出对梅雨独特的好感，把她看作江南织女。诗人总是会有标签的，对梅雨的情有独钟，肯定不是王锋最重要的标签，甚至王锋就没有想过要将梅雨作为标签，或许梅雨只是他很率性很随意的诗作，但是梅雨独爱王锋。

其实在不经意间，王锋已经融入了海派文化，并且在诗作里流泻出了海派文化的意韵。海派文化是有个性的文化，它的个性既在于海纳百川，也在于百川纳于海派之后生发出新的美感。与其说，王锋是在对梅雨这一江南特有的自然现象叹喟，不如说，诗人的灵感，通过梅雨，突然就与海派文化一见钟情。王锋对梅雨的感慨，更多是在隐喻上海的天地、上海的韵律、上海的情怀。而这海派文化的天地、韵律、情怀，也可以凝结为上海之爱。

一个诗人的灵魂一定是爱。并且爱得细腻，爱得奔放，爱得有意境。我在王锋将军这本诗集中找出几组佳句，作为我猜想王锋的最后一组论证："亭台飞叶仍在等/一个垂暮老者/钓起的夕阳霓虹/那一天/老人没再来""昨天才想起/今天是我的生日/今天才感觉/脐带那端/仍连着母亲的命""听到耕牛的一声长哞/黄土下打盹的父亲/也醒了"……

我看到王锋将军举起右手，正神情庄严地行军礼。

(马尚龙，中国作家协会会员，上海作家协会理事，上海作家协会散文报告文学专业创作委员会副主任，上海海派文化研究中心特邀研究员，马尚龙海派文化工作室总监。)

# 有一种诗意叫剑胆琴心

何　菲

剑胆琴心是我对王锋诗歌的直觉。他的诗有家国情怀，这无疑与他军中儒将的身份有关；另一方面，他尤擅与美独处，在诗心诗境里，他是个不戴面具的人。这使得他的文字有种无法言喻的、直觉性的美感，闻弦歌而知雅意，似乎能让人看到自己生命在对方境遇里的投影。

简而言之，他的诗很有气息。

很难形容这种气息是什么，它是气场、气质加气氛，又不尽然。它是交织着远古之风和足够现代性的某种诗意、缥缈和轻扬，是亲和力与压迫力角力产生的摩擦能源。像冰遇到了火，外观沉静，却总能让人莫名感到某种流动和摆荡，存在感十足。

大数据时代，有人依据包括王锋新作《铁血红韵》在内的六本诗集，总结出他的五大关键意象：剑、雪、梅、醉、墨。而我新近又发现了三个：梅雨、江湖、烟。驻京三十年，履职上海五百天，不经意间，王锋的审美密码已悄然调了排序，更加冷冽奥秘，浩瀚迷离。

王锋，笔名雪狼，20世纪90年代中期出版了第一本诗集，获武警部队文艺创作一等奖，从此一发不可收拾。那些诗，既是他日常所见，亦是内心碎念，作为历练的残骸，保留在了岁月的底部。

我时常感到王锋有心灵喷涌的需要，这种喷涌是自然、优雅和有所节制的，如若阻塞则会焦虑。这迥异于通常文人所特有的“愁”，而具有某种“忧”。忧的并非具体琐碎，而是民族与个体的前景和定位，那是一种深层存在之苦，心灵之苦和诗情匮乏之苦。他企盼寻找的，是人们最开始拥有的，支撑他站在灵魂的层面鸟瞰生活，在诗意的沃土中回望与捡拾生命本质的东西。

工作性质所限，他的屐痕仅限于国内。可诗心与所到之处远近无涉。他的诗句犹如胶片，精准捕捉瞬间悸动。他写裸心谷：裸心/脱去什么方可归真；他写爱情：原以为天涯太远/才知咫尺相见亦难……他的诗总有足够的开放性。当然，站在岁月的高地，这些诗句必然会随着思想的演进不断被他修改编辑，部分回忆必定被偷换，然而，偷换何尝不是另一番幸运呢？

在我看来，王锋天生具有玩转文字拿捏心境的能力，高度可辨识的风格，甚至还有跟命运暗自沟通的法道。他听得懂并善于使用某种暗语，也有着斑驳纷纭的欲望和红尘行走的情怀。剥开光怪陆离的生活表层，终将复杂难言的内心历程和自我化解的进程精进为文字的舍利子。

在大都会，有一部分人更善于在流水生活中表达隐忍的惆怅和长久坚持着的含泪的微笑，他们是王锋们。

起伏的经历、精雅的生活以及与现世的矛盾、妥协、共存、互渗，造就出他们独特的诗人气质，调性颇为海派，并无摧毁和虚无感。我猜想早年对爱情的徊徨是王锋诗歌的启航港，从而生发出他对个人到社会、际遇到命运、时间到存在等终极意义的思索与洞鉴。写诗是在试图探寻一条回家的路吧。

作为文友，王锋时常与我有文字交流分享。值得玩味的是，我看他纸质诗集的专注度真不及他短信发我的。或许后者更隐喻着某种真实，一种奔跑、触感和鼻息。这体验如同赫尔曼·黑塞说的：我待在那里迷迷瞪瞪，不敢迈动步子，以免这美好的时辰，随芳香一道消失。

（何菲，著名专栏作家，职业编辑，中国作协会员。）

# 目录

## 江南记忆

## 心灵的家乡

## 堆成数字的岁月

不忘初心

# 一路仗剑行吟

本不知
诗为何物
只晓得
硝烟里放歌
与兵龄一样嘹亮
起笔落墨
开作血色花香

梅苑剪雪的日子
读到一句贴心的话
学诗可以
情飞扬
志高昂
人灵秀
遂反刍认定
几句自勉诗的重量
背负青天

耕耘不辍

心啊

铸成一口钟

任岁月

敲打

醉逸

冷梅

雪狼

笔墨兵心

剑舞秋月

铁血红韵

一路仗剑行吟

一生军旅生涯

# 血性如初

在军人的节日里
应邀赴会
像参加一场战斗
子弹
早已上膛

一个铁血军人
不须亮剑
几句粗犷的口语
加一盏烈酒
就将小男人针尖大的心眼
与针尖下的自尊
惊得碎落一地

光明正大地醉
醉得正大光明
是汉子

醉了

也要耗尽最后一个对手

是军人

醉了

也要像一杆军旗

挺立在阵地的制高点

猎猎飘扬

# 血色花香

从襁褓中醒来
看到那么多心思
都挂在生命的枝头
每一次脉动
都会有花蕊新生
每一阵风过
都会有成熟的叶落

那血色的香艳
拂天动地
吟作一瓣瓣诗意
让春暖花开
泼成一朵朵彩墨
令山青水绿
只静静地一念一想
也会情动九州

花落成泥
就以种子的使命永生
耕种下一个春天
树上结出果实
就用智慧的密码
与文字的符号
落驻史籍深处

# 风语钟声

居高才听得
风呼啸着攀高
十九层楼台望去
黄浦江已暖
春天来得好早

风铃闻风而动
雀样响起
吉祥的语调
喜庆的表情
在风中逍遥
时而短笛短语
时而长号长啸

当新年钟声响起
一颗兵心
只听到沙场的战鼓

擂响出征的号角
南京路上
霓虹灯下
战友肃立哨位
守望着春晚今宵

（作于 2016 年 2 月 7 日大年三十夜）

# 我诗我心

案头墨香
一部《铁血红韵》
长歌低吟
花的血液着色
剑的魂魄塑身
点点滴滴
拂过出鞘锋刃
倒映
江南水乡
一派霓虹

曾经
战袍披“醉逸”
冷梅御寒冬
雪狼啸天
花弄影
也曾

剑舞春秋月
笔墨写兵心
一腔铁血
喷薄
漫天红韵

揭去
词藻的朦胧
看到盖头下的我
将灵魂
放进赤裸的诗行里
提纯
几部拙作
把一世肝胆
掏尽

注：《铁血红韵》，作者的第六部诗集名。

# 醒祭

一梦
冬已去远
树醒了
草醒了
花醒了
长眠地下的战友
也醒了
树的婆娑如是
草的绿色如是
花的芳香如是
整个春天
全是

听到耕牛的一声长哞
黄土下打盹的父亲
也醒了
到地头看看

面天自语
该播种了

我
站进清新明亮里
向醒着的战友
醒来的父亲
将迢迢思念
寄予
满天纸鸢飘

（作于 2016 年清明）

# 何曾一默如雷

闭嘴无声
堵不住
每一个毛孔在怒吼

张口无言
停不下
每一滴热血在呐喊

耳闻无语
熄不灭
每一个骨节在爆响

曾有一束岁月
天沉霾
地沉吟
我沉默
但

天听得

地听得

我听得

心底心壁心空

雷声

咆哮

# 回眸一啸

南国
又一段行程
三百六十五个守望
用一支香烟
燃尽最后一个期待
那场预置的雪
在北方盛开

留一壶老酒
让过去的日子醉
写半阕诗行
给下个约定留白
借一曲
抓耳挠心的《琵琶行》
把黑斑剥落
将红针拨快

回眸一啸

锋刃已出

一剑

开怀

（作于 2016 年 12 月 31 日沪上）

# 我只一鸣

太阳与月亮
在昼夜的廊桥上
话别
又重逢
旭日升起
晚霞落下
满天红

登上枝头
我只一鸣
不想惊人

高山
站在地上
寒与暖
长在心里
北国到江南

只有

一个天空

我

持剑在手

无意

贪天凌云

唯愿

望尽山的项背

立起

一世兵魂

# 将军肩头千钧山

一个士兵
枪不离手
把军旅年华
镌刻成
花如豆蔻

三十七载
剑舞秋月冷
三十七载
笔墨兵心醉
三十七载
铁血红韵稠
终得
豆蔻怒放
将星
挂金戈

今又
一路南下
贺信如絮
绕耳游走
只觉得
金星如山
压在肩头

叩动胸膛里
隆隆回响的枪炮声
问一声将军
不经战火着色
硝烟散尽时
功可垂秋

（作于 2016 年 5 月 4 日赴京授将返沪途中）

# 回归兵心问沧桑

一首轻音乐
隐去源头
流淌了大半生
当最后一个音符
在心尾休止
到家了

多年前写的几句诗
忽而落在心头
回到家里
脱去外套
才认出自己
遂轻掩窗棂
细语低吟
打开心深处
标注秘级的页面
自问

那件外套
还在吗

衣架上
挂着崭新的戎装
星星标示出
军旅的制高点
一个士兵的本色
心口手
三点一线
昨日今日明日
三刻一面
瞄准　击发

# 天空的钟摆

原本
各怀一苇心事
待秋猎过
相望着飘零
轻风几缕
就都归顺了
一个口令
向左　向右
看齐　对正

举起
优雅的脆弱
一起等待
不想凋谢的心境
可梦不预期
归宿的方位与节令
话落一地

一句都没有韵

欲望的高
长不满天空
一生只做
一个钟摆
诉说
时光的行程

# 战地夕阳

凯旋归来
滚烫的枪管
仍冒着硝烟袅袅
夏日的花絮
舔亮开刃的枪刺
倾吐满园书香

梅雨霏霏
加杯梅酒的浪漫
酿不出
醉卧沙场的豪放
淅沥的遐思
只能赋予
满天霞光

一日征程

半盏月亮
战斗间隙未息
子弹重新上膛

# 兵心靶心心心相印

兵心与靶心
铁定了军人的天职
从受命到复命的距离
军旅岁月
沿着枪膛的射线
一路嘹亮
一路豪迈

兵心到靶心
靠准星对准缺口导向
当子弹穿过星光
落靶　开花
心与心相印成
军旗的魂魄
与剑锋的光彩

兵心对靶心

是忠诚的刻度
是血性的走势
凯旋时
不忘缺口与伤口
与使命相依
铸就
不朽的铁血情怀

# 站进大东北的秋色里

那几日
奉命进入
大东北的秋色里

秋风吹落的雨点
像巴掌大
雨雾里有雪的味道
一丝一丝的甜
一缕一缕的寒
江南来的客人问
到冬天
还有几日

天好高
地好阔
心紧跟着眼睛
一溜远去

再也收不回

最亲最近的
还是一望无际的黑土地
那高粱大豆的香
咀嚼
每一方厚土
拂动
每一处高天

于是
我只想
站在大东北的土地上
对天喊一声
那养命的粮食

（作于 2016 年 8 月赴东北葫芦岛军事集训日）

# 超月夜色

月球与地球
整整等了六十八年
才等到
在最近的距离点
相互看一眼
那情满月长
最大最亮

北京时间
二十一点五十二分
江南沪上
相约赏月
偏偏今夜今时
雾霾朦胧了月色
众望眼
望不穿真切的面容
沉沉的黄浦江
滚动十八年后

## 再见的相思

我　一个老兵
透过雾霾笼罩的夜幕
欣喜地看到
南京路上
哨兵警惕的眼神
那枚超级月亮
时时相见
光照天地

（作于2016年11月14日沪上月夜）

注：超级月亮，一种天文现象，指月球距地球近距离的状态。今夜是1948年以来月亮离地球最近的一次满月。下次要等到18年后。

# 书香细雨

霏霏细雨
柔化了初冬的寒
校园里
暖暖的读书声
一丝丝萦绕
一腔腔缠绵
树上的小鸟
河中的白鹭
鸣叫着飞上飞下
不忍落散

那秋菊
着一朵朵秋霜
凋零的
骨一般立着
盛开的
阳光一样烂漫

我拔剑欢呼
战地黄花
好一幅军中画卷

书香入怀
拂动一树树红叶
细雨垂情
牵挂着一领领白雪
三尺讲台
百回千转
只为
一旅兵心
万代江山

（作于丙申初冬沪上校园）

# 敲

滴滴冷雨
在敲
叮
叮
叮

敲醒了
梦落的星星
一盏盏霓虹

敲痛了
结痂的往事
一眼眼伤痕

敲碎了
绵延的秋意
一片片落英

敲开了

冬月的门扉

一瓣瓣雪红

敲出了

游子的思念

一耳耳乡音

敲响了

我

待命的长剑

一阵阵

龙吟

# 怎可轻言断肠

曾见过
有人歧路失足悔断肠
曾听过
有人孤旅天涯愁断肠
曾读过
有人潦倒江湖怨断肠
曾叹过
有人有冤难报恨断肠
也曾晒过
有人爱深如海思断肠

可当我知道
一个红军师长陈树湘
腹部中弹被俘后
从伤口掏出肠子
用力绞断

我
……
痛
断
肠

注：在红军长征之初惨烈的湘江之战中，34 师师长陈树湘率部掩护全军主力和中共中央、军委机关，同敌人的追兵激战四天五夜，不幸腹部中弹被俘后，趁敌不备从腹部伤口掏出肠子用力绞断，壮烈牺牲，年仅 29 岁。

# 伤疤——在阳光里灿烂

采集朵朵
春天花开的暖
抽离掉夏日
酷炫的炎
我　带上漫天秋红
拥一捧
冬日阳光
纯粹的灿烂

艳阳里照见
心底的欣喜与酸涩
在眼眸里多彩
额头的欣慰与惆怅
在怀抱中放光
最是那厚厚的伤疤
一枚枚
闪闪生辉

那段

穿心的岁月

刻录在阳光深处

只有花开

没有硝烟

# 寒风揪着心在吹

圣诞　平安夜
凛凛寒风
用凌厉的呼啸
亮明杀手的身份
风过处
刀锋起舞
数九的尊严

风吹梦落
心被揪着窜上窜下
起身望窗外
南京路上
寒风穿透哨位上
战友的戎装
与军旗猎猎作响

放眼都市霓虹
圣诞树下
一波一浪的欢
屋内的舒适
奢侈的暖
远去是
我的战友
用身躯挡住的寒

（作于 2016 年 12 月 24 日沪上平安夜）

# 一剑点梅香

只为
一副冰肌玉骨
穿越
一世梅苑

见到
北国的雪寒
江南的霜冷
全都是
梅的底色

一阵寒风
摇动朵朵梅铃
叮铃铃地
碰香
悦耳

是谁吟动
铁骨间
一串串梅盏
情深处
有人豪饮
盏盏
醉心

看我
横空放马
飞雪起舞
一剑
点透梅香
簇簇
入魂

# 江南记忆

# 点醉江南

点点
不是名词
是一粒雨的种子
把春夏秋冬
都点成雨季的浪漫

点点
不是泪滴
是心的原始图腾
把胸中江山
点出书香袅袅的内涵

点点
不是瘦月
是月下情稠的酒盏
把百首诗韵
点得醉倒江南

# 天窗的随笔

十九层
层层都在肩头
那扇窗户
白天黑夜都清醒
租住皇家
住不成皇家的人
清贫的汉子
看着那些富翁
比自己还穷

那扇窗户
是一双
深邃的眼睛
晚来的雨
早凋的花
回眸的风景
镶进心里

随季节律动

初夏的雨
不过酒一樽
醉不倒
江南一声侬
一窗心事
赋予雨后
横贯天际的彩虹

# 恨天高

偶然
在一本教科书中看到
一束时尚的动词
触目爆响
恨天高

想起
曾说过的一句
乡下人的话
高楼大厦
高不过
高脚杯的长颈

从粒粒谷子
种出万担粮仓
自黄沙戈壁
打马十里洋场

仍量不出

是高跟鞋的浪漫

还是高脚杯的狂想

抑或是

人心茁壮

比天高

# 放马松江

一个未命名的日子
阳光穿过竹心亭
划动波光潋滟
亭下的闲者
与静静的水流
算不出漂泊的位置

今日无诗
感觉时光多成堆
慵懒地卷曲着
长发飘逸
东来的访客
用一汪清澈的童心
刺探江湖的秘密

坐望半月
掩不住霓虹的夜

问心何往
相见不须预约
放马松江
挥断涛声去远

# 嫁与夏雨作梅香

梅子
好一个江南美人
不屑于
从开春吹到夏季的风情
嫁给了
风后的雨

雨来了
就腻着没再离去
给自己的名字
加入梅子的味素
调成诗意梅雨
此后的日子
都当作新婚蜜月过
那泪水涟涟
是化不开的情结

一个月的轰轰烈烈
足够四季心动
一年一度的蜜月
注定在苏东坡
悲欢离合的笔下
酿成梅酒窖藏
聚时梅艳
散也梅香

（作于 2016 年 6 月梅雨正浓时节）

# 又见梅雨呢喃

一群江南织女
相约在仲夏时节
于大地上刺绣
挑雨为针
拈香走线
密密地缝制着
梅子的霓裳嫁衣

一树树叶色
沙沙地响过蝉翼
露重的叶下
抱着话语权的蝉
优雅地闭着嘴
只有那雨
那雨中浓郁的梅香
说不完的密语

濡湿的几房心绪

洒落一地

缱绻的草地

期待着梅雨开花

我和我的战友

警惕着缠绵的柔情

越过水位警戒线

雨雾中

荷枪走过

一季又一季

# 看白云漫过蓝天

梅雨的碎语
还响在
昨日的留声里
大朵白云
盏盏片片丛丛
漫过蓝天的底色
无法断知
风究竟有没有故乡
漂泊到夜后
在哪个日子落脚

不忍加重语气
怕惊散
那飘若仙裳的圣洁
也不愿抽离目光
担心转眼间
一袭阴雨连绵

蓝天的蓝
给予白云的白
从空中
掠过虹桥的交响
回到地面
在屏蔽的空间
任雪狼放歌
狂与芙蓉醉
将下个约定的日期
用酒窖藏

# 我本初心

也许太在意
那个阳光的日子
和那阕全副武装的诗
当一片乌云飘过
把白天拉黑

拉黑的白天
会很痛
痛惜拉黑它的手
染上墨色
即使染上墨色的手
也会纤纤芳菲

白天自亮
用不着谎言漂白
曾经的痛
不都在一个伤口复发

终有青天可鉴

原本初心

我故初心

# 一汪心思如花

曾经
走过不少的路
葱茏的枝叶
印着
胭脂香艳
隐约的年轮

虽然
眼眸里
不见枪刺与弹着点
但在心灵的腹地
留下了岁月
划过青春时的伤痕
常微蹙的眉头
是痛

如今

那一汪如烟的心思
半阕成酒
埋在心中窖藏
半阕如花
开在脸上烂漫
奢华
飘红

# 那蝉

那蝉
那叫乱了夏天的蝉
叫湿了江南

沙哑　低落
撕裂　回旋
没有哪一叶绿茵
撑得起
没有哪一怀心绪
接得住

不知该庆幸
还是悲伤
夏日都是雨季
一双蝉翼
调不准音律

一张口就跑调
跑得像委屈的孩子
在抽泣

# 出梅入伏作诗序

刚出梅天
又入三伏
一队队江南美人
迎面走来
四十度的热情
接着
炙热烫手
挥之
心被粘住

到余秀华
摇摇晃晃的新诗里
找几株田边的树
纳凉避暑
再借她手中的拐杖
拨拉开
因赤裸而高贵的灵魂

找几阕
不再写诗的理由
与写下去的心绪

望窗外
虹桥宾馆
立着绅士的风度
虹桥两字
放在哪里都是诗句
余秀华写不出
我学着写
像小学生的作文
歪歪扭扭
细看时却也有几行
健全的成年人
装不出的童趣

注：出梅，江南梅雨季结束；入伏，炎夏三伏天来临。余秀华，中国当代真诗人。

# 爱到残酷

落地窗
以尽裸的坦荡
敞亮着心与眼
窗台的一盆红掌
用四十度高温
淬出血色
掌心向天
为爱呐喊

酷暑
一个酷字
道尽炎夏的惨烈
江南沪上
红色警报滚过
心火灼灼
叶枯花蔫

想来酷爱也如斯
爱到残酷
该是怎样的动感
怎样一场心劫
成不了神仙
也将海枯石烂

时空跳转
听得高人断言
婚姻的杯盏
盛不下爱情的浪漫
钱锺书的《围城》
畅销成经典
是残酷的灿烂

（作于2016年7月沪上持续高温日）

# 夏末闻得秋香醉

长条椅子
摆出各种休闲的姿势
园心湖里
几只野鸭和天鹅
划动家的波澜
湖边老者
伸出长长的钓竿
垂钓着余生
树杈上的一队知了
以先知的不倦
仍叫得日头滴血

那是夏天
挥不去对春天的依恋
迟迟不肯走远
居高的热情
消费着秋天的时光

草坪上的绿韵
如人近中年开始泛黄
那秋老虎
其实是暑末的狗舌

也怪秋天
来得很早又太柔
像刚入洞房的新娘
轻轻地吐出
成熟的淡淡香味
飘红了
几朵云彩与绿叶
静听着庄稼
唠了年景唠家常
只待
秋风冷却
挥刀收割

# 闻得酒醒是秋香

无法考证
是传说中的农夫
还是仪狄杜康发明了酒
只猜想为了一醉
我们的祖辈
在耕种的高粱小麦玉米里
滴入些许清风玉露
再勾兑几缕浇不灭的愁
让无奈的日子发酵
酿成了酒

酒深似海
从远古流淌到今世
有多少雅士俗人
一路醉过
醉了的人生
一人一个姿态

醉了的岁月
一时一个味道

又到高粱小麦玉米
成熟的季节
有人酒后悲秋
可哪一个秋
能够经受得起
醉卧沙场的将士
拔剑向天歌
一悲
秋必破

拥江面海
闻得酒醒是秋香
枕湖依岛
泛千舟

注：仪狄、杜康，均为传说中酒的发明者。“拥江面海、枕湖依岛、河网交织、林田共生”，是上海市自然山水格局。

# 一滴入魂

入耳就是诗
入口已入魂

入魂是神醉
缥缥缈缈的魂
醉了
会不会痛

纯米吟酿
好一个吟字
吟出的一定是
原汁原味的诗
只有诗
方可芬芳入魂

只一滴
不须多饮

多饮会惹得

诗飞韵落

一船雨

湿了归程

# 我心对月

月夜
一城水墨
立起一江冷

圆了缺了
月月有
何必一年一度
一夜情

我心对月
月自盈
不负今宵
天下人

（作于丙申沪上仲秋雨夜）

# 谁在背上抚琴弄禅

漫过夏日的乡愁
秋风传来
蝈蝈的语感

不屑于
靠一曲走红
只在自己的背上
抚琴弄禅
每一声都在觉悟
心律的走向
和世间的冷暖

待冬来涅槃日
宁可让每一个音符
纯净到干涩
也要赋予秋色秋韵
重生的内涵

# 藏进芦苇荡

北方
长着铁汉子
喊不透的青纱帐
我的一段童年
至今仍长在里面
随风徜徉

江南
样板戏《沙家浜》
唱红全国的芦苇荡
一眼望不穿
再望成故乡
只可惜
童心犹在
两鬓落秋霜
哪还有
秘密可藏

末了只得
强说一眉清愁
藏进芦苇荡

注：《沙家浜》，现代京剧八大样板戏之一，其前身是沪剧《芦荡火种》。沙家浜系江苏省常熟市下辖的一个镇，曾为抗日根据地。

# 沉醉的夜色

仲秋的圆
开始一弯弯地消瘦
月下夜色
与酒色的纯度
在杯盏间
蹚过黄浦江的历史
开成一朵花

蹚过历史的花
天生丽质
洋气依偎着贵气
于眉目间
一瓣瓣地香
那丝丝侬言嗲韵
醉倒一片
霓虹的夜

霓虹的夜
彩绘出每一个传说
那么多故事
掩不住
眼眸深处的雨
来自北方的刀客
没有追问今夜归途
只留一个情节
趁着夜色醉去

# 待叶落成秋

秋
向深处走
叶
越落越多
直至那
树　心裸

秋风呼啸
落叶低吟为歌
满地
看不见的过痕
是深情的吻别
切莫
当离愁

静待
游者的脚步

漫过金色的岁月
静待
破茧的雪花
装点冬月的锦绣
怎见得
落叶成伤
才是秋

# 心空

想北上
看看早雪
一瓣瓣霓裳
飘落在簇簇花枝
像小时候
以为呼一口气
就能呼出一朵雪花
在空中飞来飞去

驻守江南
雪
成了一种思念
久待无期
思念飘作雪梅开
在心空缤纷
妖艳

雪稠飘落
结成冰凌挂满枝头
一树树的相思
一树树的白
那样的情
才称得冰肌玉骨
晶莹剔透

# 唇语

摇动
红色的杯盏
看到那方
浓郁的秋思
一圈圈地升腾
扩散

醉逸飘飘
在秋未央前
断片
只记住
有两句对白
说尽
夏时缩系的心结

抓一夕霜冷
将熟透了的秋

与那把玲珑的折扇
收藏进冬月
对曰
留一粒种子
就能
留住春天

# 倚在冬日里看雨

那天初冬
倚在
小雪的节令里
听北方
雪花漫天缤纷
看江南冷雨
冷透
都市红颜

一片秋红
来不及秋深时归去
滞留在
冷风冷雨中
冷冷地落
每一叶瑟瑟的泪
都是
一只化蝶的梦

把一兜思念

赋予雪

一定要寄放在北国

若守望江南

顷刻间

还是滴滴雨冷

只能

把雨当作雪

让思念

四季飘零

# 漫进冬日的秋色

从秋尽头
长出来的江南冬日
等不到雪花盛开
没长成
冬的严酷

那花
逆袭着节令的萧瑟
依然开得妖艳
那叶
绿得照样绿得夸张
红得树上树下
一样热烈
更看一抹金色
仍在秋里徜徉

有寒流南下

夜半呼啸而来的风
叫得心冷
一早却见得
满地的银杏叶
围着裸露的灵魂
一叶叶阳光
照耀着
一行行脚印
从心头
踏歌远行

# 心灵的家乡

# 天地芳菲

风信子
吐出紫色的信仰
把春天的秘密
用绿叶
包装

迎春花
展开簇簇鹅黄
不是
飞的翅膀
是为人间传递
使命的力量

满树玉兰
绽放花语千行
向行者解读
白的

是节操
红的
是守望

雪中蜡梅
溪边桃林
苑中樱花
成群结队地等待
生命都开花
相顾相盼地站成
众生的模样
花枝招展地盛开
烂漫的心香

莫辜负
生命如花
莫错过

天地芬芳

人心

开花

才是真正的春天

不渝的向往

# 天约

向北
鼓翅腾飞
在空中
在我的阵地上
对号入座
千里相随

五百次回眸
怎够一生一见
草绿千岁
花开千载
生命轮回

把盏醉心
才知错过的美
同一个姿势
划过日头

扶摇云海

摆渡

岁月芳菲

天地相顾

度不尽的缘

何时再听一曲

浦江低吟

再与佘山高歌

放声而醉

# 一刀春寒

北国京城
冬日去得急
留下一刀春寒
剔骨
抽茧

风过处
冰裂梅变
满地落红如血
细数全是
背叛
心劫

人归沪上
寒彻江南
河边的垂柳
垂首寂立

街头的玉兰
霜重如雪
那梅凋的伤疤
在心头
一朵
一朵
风干

# 花开心间自芳香

塞北剪雪
飘落江南水乡
浦江泛舟
划动
小桥人家

一句北国方言
绾结成花
沿着使命的轨迹
行走沪上
那婉转的吴侬软语
禁不住
一声血性的粗犷

看战友
在心空起舞
啄木疗伤

水叮咚

鸟啼啭

叶碰花开自芳香

# 夕阳下的剪影

走了多久
才走到
夕阳下驻足

面向天界的红
用一袭背影
朦胧了
洞房的烛语
可飘逸的长发
掩不住
出走的冲动
又怎能
剪碎昨日的惆怅

彩霞赤练
是谁飘红的盖头
那个酸男辣女

又爱失迷途

纠丝结网

揖师问道

# 午后出走

樱都　正午
阳光盛开
把一路诗情
酿成醉意
从一对高脚杯里
出走

走得太急
在虹桥滩头落草
空中
白云飘絮
拂动江南水乡
一船雨
只听
人声呢喃
泉语飞鸣
喷发

一波波春潮

太阳落山
被省略的过门
冗长地留在门外
回眸一哂
快得不能算数
记忆作废
从头来过

# 剑挑夏日入荷塘

对酌入怀
成佳酿
剑挑夏日
入荷塘
青青扇叶撑天起
掩不住
满池莲香

饮几盏文胆
穿肠热
吟一掬甘露
作诗行
问君
花开何处是芳菲
独见
天经地纬出锋芒

牧歌飘远

心已痴狂

只能将

美妙的回声

收在梦中

珍藏

# 不想知道你故乡

不用
叫出你的芳名
你太响亮
也不想
知道你的故乡
你的心
已在天堂

不知道
你为谁盛开
只在乎
你绽放前
手里攥着多少秘密
与你并蒂的
是你的兄弟姐妹
还是情敌

相信

风牵你长茎

情浓成结

回眸时

我剑已出鞘

只为

每个季节

都有你的灿烂

# 那个日子

那个日子
是牛郎织女的传说
泛滥成的节日

那个日子
想吟一声为记
但没敢写下只言片语
若留一个字迹
就有嫌疑

那个日子
不知怎么去爱一个人
才能对自己
有个满意的交代
对牛郎与织女
有个凄美的回应

（作于丙申年七夕后）

## 隔世相望

一列秋风响过
几缕情丝落上天窗
对面的广播大厦
空谷传声
一叶
芬芳

玻璃幕墙
定格满目的秋妆
那一束红菲
乘谁心梯
来回
上下

一方香约
用一世守望
不用挥手虹桥

雪狼啸天

化作

追光

# 心香一瓣赋芳菲

无名季节
于心外落脚
断桥未断
恰在梅间妖娆

一个名字
是所有的花色
灯红酒蓝
一朵朵
杯中云烟醉雨

留一瓣心香
好芳菲
相忘于江湖时
不再风铃中
咀嚼寂寞

# 秋稠

站在
岁月的制高点
凭窗远眺

昨日才见
菊花捧得秋已醉
今又闻得
桂花满城香
那情
稠得化不开

怎料得
一阵冷风呼啸而过
雨丝唰唰地落下
把菊芳桂香
抽得一帘一帘
满地窜

雨夜

有人写下

风衣背后的故事

一场冷雨飘过

秋就深了

# 雅逸成诗

念一方秋红
才下江南
江南的十月
映满水乡
佳人一袭红裙

见到
北方汉子眼底的冷
已赋予
一腔铁血红韵
剑已出鞘
令琴心铮鸣

张眼望
晓月含雪
雅逸作诗魂
泼墨处
菊花摇得风铃动

# 望你一路飞扬

不甘心只在地上行走
不甘于比鸟少一对翅膀
遂有了飞的冲动
有了亲近蓝天的向往

不变的向往
种在心里
一定会发芽
发成朵朵寓言
篇篇神话
驾一片祥云
去飞翔

一代传给一代
上下求索的信念
一辈赋予一辈
腾飞的智慧与力量

当飞机卫星飞船升空
现实告诉历史
那就是人类
在曾经的寓言里
在传说的神话中
种下的种子
开出的花

说不尽
理想创造的伟大
我只能将两翅诗意
送上蓝天
望你一路高飞
去往
神仙去过的地方
回到
心灵的家乡

## 随一叶独行

单薄肩背
载着四季的丰盈
脚步有些迟疑
不忍叶落后
一树雪花生痛

湖边　垂钓
亭台飞叶仍在等
一个垂暮老者
钓起的夕阳霓虹
那一天
老人没再来
沿路追寻的脚步
满地落纷纷

叶　缭绕着
轻轻远去的背影

没有回眸

只见霜重

一去不归的

是一叶

怎样的独行

# 冬至里说长道短

白天
无论多么短
全是光明
即使最长的夜晚
也会在月亮
升到中天的间距里
稀释尽
最后一粒黑暗
那一宵长梦
在彩霞中
流芳　吐艳

可怎能料得
今日
从北国到江南
雾霾一片
最短的白昼

是灰暗的天
最长的一晚
是有毒的夜

冬啊
怎么迎你来
给你过这个节

（作于 2016 年冬至）

# 换一叶芳菲青青

一条路
亘古不了情
望不穿
高处的寒
依然争相在
独木上
成仁

靠一双眼
留不住
远去的帆影
又何必蹉跎到
下一个
生命的渡口
苦等

把一天拉长

就是

短暂的一生

情愿

用一树果实

换一叶

芳菲青青

# 记忆的色彩

一座城市
久住后离去
再回归时
记忆就有了色彩
酿出了度数
熟悉的
暖得揪心
陌生的
冷得无由

早已风干的故事
在几枚秋叶里
留存静好
被删除的情节
一缕风过
又泛出绿意
最是那

逝去的梅红
一刀春寒
复活满苑
也有些段落
断了冷了
就再也续不上
旧的号码
全都是盲音
接不通新的构思
那霾
持续几天
都是重度

# 雪后寒

把苍天
望穿
终于狂喜地看到
雨夹着雪
姗姗飘来
即使
听着像
一场绑架

雪在雨中
主角还是雨
也许
雪的不纯粹
恰好是
主场江南的梅
俏丽的名分

等不来雪

梅已独自出墙

红的惹眼

白的素净

绿的安逸

一场雨夹雪

从眼眸深处飘过

一树又一树

凌寒怒放

开尽

一宇心空

（作于沪上丙申深冬雨夹雪夜）

# 乘秋风归来

给今夏的诗笺
只能用一个字　逃
逃出魔都帝都的烘烤
逃进初秋的风里
逃向家乡

高铁
快得真像逃
正纠结在诗人余秀华
《我们爱过又忘记》里
一抬头
看到一片片土地闪过
顿觉心田佳禾丰盈
四季粒粒饱满
一排排庄稼
像我的队伍一样肃立
到家了

父亲本已离去
但看护着那些庄稼
不肯走远
那把用了一辈子的锄头
不在手头忙活
就在地头守候

摸摸从当兵那天起
就没放下过的枪
像父亲的锄头
挺立在我的肩窝
掰碎历年的光景与收成
终于算得出
父亲与我
用手里不同的家什
收获的是

同一地庄稼
同一个秋

注：《我们爱过又忘记》，当代著名女诗人余秀华的第三部诗集名。

# 桃花不尽如人面

家乡街市
一处面食店
招牌夺目
美名桃花面

想起唐代诗家崔护
流传千古的绝句
郊外的宅院
面如桃花的女子
去年幸遇
今日断肠
说不尽的美艳

想起陶渊明
种下的世外桃源
净土静心
桃花敷面

成就古圣今贤
神往的福地

不为桃花运
只念桃花
隔世而香的缘
入内果见
桃花面色香味美
袅袅桃韵花意
随问美名出处
谁知相去千山万里
原名逃荒面
感慨后人的浪漫
火了当下生意
隐去了苦难的历史
再看舌尖群舞
桃花不尽如人面

注：桃花面，山西榆次地方特色面食，已有150多年历史，原意“逃荒面”。相传彼时当地人逃荒要饭，大户人家将剩面剩菜施之，故称“逃荒面”，后人取其谐音赋名“桃花面”。

# 家的去向

感怀
母系氏族社会
给家与女人定了位
男人
遂有了归宿

可见得
下有人丁兴旺
上见天伦之乐
父威在分子处高居
母仪在分母处华贵
母在
家在
母在哪儿
家在哪儿

如若

母亲离去
只要能听见
唠唠叨叨的妻语
能看到
心心念念的呼唤
家就在
妻在哪儿
家在哪儿

如果
母去了
妻也走了
男人孑然一身
独步人间
心还在
家就在

心在哪儿

家在哪儿

（为三·八妇女节作）

# 耕读传家

几十年前
在一个县级地图上
找不着位置的小山寨
第一次见到
祖先耕读传家的智慧
在农家的门楼绚丽

宅主是一位伤残军人
把一条手臂扔在了战场
又把儿子扔给了部队
不肯多说一句话
只把该做的每件事
做得明明白白
有棱有角

几十年后
重游小山寨

除了村名
再也认不出模样
用一个政治术语定位
社会主义新农村
感觉准确而太笼统
改用一部老电影片名描绘
鲜花盛开的村庄
仍觉得亮眼但显单薄
再用我的一首诗名写实
溪水潺潺从门前流过
还是闻得有声但欠味道
抱怨学浅已晚
只能用一个成语
改天换地

那位伤残军人
留下了一份

立命立德的家产
早已离去
走前
把从军的儿子
多年接济给他的钱
收拾得整整齐齐
与不需要再念叨的话
一分不少地留给了儿子
那个儿子
按照父亲的标尺
由士兵长成了将军
离家近四十年
每次回乡都住着不想走
一口比父亲还土的家乡话
说得好像从未离开过

最耀眼的还是

那块耕读传家的匾
仍然嵌在旧宅的门楣上
多年过去
我似乎悟出了那四字真意
耕天耕地耕人愿
读天读地读人心
立命立德立人性
传德传智传人伦

绿色的山峦
清澈的河水
新建的农舍
飘香的庄稼
还有水库里满满的积蓄
绕着山寨盛开的鲜花
无疑是让那位伤残军人
笑得不再苦涩的理想

只是那个将军儿子

能不能

一手拿着枪

一手拿得起

耕读传家的接力棒

注：耕读传家，亦耕亦读，边耕边读，借以立命立德、继祖传家是中国传统农业社会中，小康农家所追求的一种生活理念与图景。

# 生日里的痛

昨天才记起
今天是我的生日
今天才感觉
脐带那端
仍连着母亲的命

想叫声妈妈
还未张口
泪已像江南梅雨
不敢再张口
怕叫碎妈妈的心

静静地
想听一听妈妈
分娩的阵痛
还有我
不愿离开母体的哭声

可只听到

妈妈在千里之外

一声接一声

叫着我的乳名

# 一支烟的长度

点燃岁月
缭绕着时光
一缕轻烟
漫过杯中血色
品见
往事是坛陈酿

一支烟
与一袋烟
没有质的区别
父亲蹲在地头吞云吐雾
是与庄稼唠家常
我偶尔燃一支
是忘不了
父亲用烟袋锅
烧红半壁天的味道

想起一则故事

在一个都市

袅袅香烟

很快燃至尽头

让一个

刚刚退出江湖的刀客

不知从哪个方向

开启

半截人生的豪放

# 磕一路长头

一个信念
铁定一生的坎坷
雪莲依偎雪山
识得
命中唯一

誓言
不是风语
吐出的字字是血
滴滴
嵌进心壁

刻骨的爱
怎会一夜间
风烧成灰
血誓
要用命抵

磕一路长头
去寻你
磕一路长头
去敬你
磕一路长头
去爱你

注：磕长头，藏传佛教信仰者最至诚的礼佛方式之一。磕头朝圣的人五体投地，是为“身”敬；口中念咒，是为“语”敬；心中想佛，是为“意”敬。

# 失语对月吟

月
还挂在天边
话太多
雪狼
失语呜咽

那天
是母亲节
那夜
最感亏欠
母亲啊
每一刻
都有花朵分娩
每一天
都该是您的节日

已在知天命之年

不知天命几何
只晓得
走过千程万里
没有母亲
额头的皱纹多
肩头的金星
在母亲心头
最绚丽

生我身
养我命
捧不动母爱啊
心对月

# 堆成数字的岁月

# 砚海踏浪

兜起
两行晨露
孤雁
南飞北归
行囊里
全是昨晚
没有主题的梦
一瓣花红
一丝雨韵
一盏云烟

斑驳的夜
奢侈了脂粉
那暖暖的心思
在花雨伞下
卧一方
歙砚澄池

展一领

特净生宣

斗笔如椽

飞墨

人间

花红

雨韵

云烟

全被对岸的湖

刻录进

子时

月眼

注：歙砚澄池，本意为中国四大名砚之歙砚及澄砚；特净生宣，指檀皮含量80％以上的上好宣纸。

# 笔开花千朵

看到
不甘结绳记事的古人仓颉
取万物之形之声之类之意
造出一个个汉字
一笔一画
来有龙去有脉
写不尽
春秋绵延

感觉
周兴嗣在组词
用一千个字
造出二百五十句经典
一句一韵
吟得出
五千年华夏文明

沐浴天下苍生
生生不息

悟得
一千个字
一千朵花
在我的笔端惊艳
朵朵都是瑰宝
都是智慧
若用千字排成方阵
那一定是
我的铁血之旅
手擎巨阙
亮剑凯旋

注：仓颉，传说中用“象形、指事、会意、形声”四种方法造字的第一人。周兴嗣，南朝史学家，编纂的《千字文》，已流传一千四百多年。巨阙，出自“剑号巨阙”句，古代最锋利的宝剑之一。

# 柳韵牵魂

虽然少了一轮
花开又花落
却似乎高过我
三十七年的兵龄

久久凝视
父亲坟头的柳
庄稼人
用一锄一犁一辈子
写在土地上的遗嘱
丝丝垂连
根根脉动
剪出满树绿影
轻拂过
树下半亩初禾
叶色青青

忽闻
布谷鸟一声飞鸣
揪心断肠
心归复命
那年我参军入伍
父亲步行六十里山路
送过一村又一村
第二年父亲病逝
我却远在千里
来不及送行

三十多个春秋
一日一痛
三十多载军旅
思念成荫
喊一声

我的父亲

掩泪折柳为证

（作于 2016 年 5 月 22 日回乡祭父后）

# 陋室情重

一个地方
一处住宅
住久时
就住成了老友
再住下去
就住成了亲人
分手时
总要痛着回头看几眼
相聚时
角角落落看个够

书桌上灰尘的厚度
算得出离家的日子已久
凉台上枯萎的花叶
记录下等待的艰难与付出
搁在笔架上的斗笔
毛锋怒张

仿佛随时准备写个“怨”字
怨主人的情薄与冷落
那盏砚台里
盈盈浓墨
已干涸成黑色的泪迹
亲手写的几幅作品
不再正眼相视
有几个字别过脸去
眼里噙着思念

只有
野外拣来收藏的几块奇石
保持着忠实的样子
知晓它们是我心目中
最珍贵的家产
不怕我一去不还
噢　还有

十年前离开雪豹突击队时
战友赠我的一柄剑
用特战军姿立在门后
对我说着夫人常说的话
你就放心地去吧
家里有我

（作于2016年8月2日由沪赴京公务，回到久日未归的家中时）

# 养千盏莲花

把一首诗拆开
养莲花

上半阕
把清晨的阳光
一粒粒洒进河里
下半阕
养千盏莲花
点亮
夜晚的路

那根下的泥
与水上的叶
靠在莲花的不同纬度
各自成就
各自的欢喜
或者悲伤

傍晚

以植物的方式活着

我愿做一朵莲花

白天

以动物的本性出行

我还是

继续做一头牛吧

# 早到的秋色

那一堰谷子
还没熟
秋天就到了
父亲守在地头
没再离开

凉风吹来
重出江湖的刀客
情急的叶子
一夜间
在枝头走红
摇曳在绿韵中的谷穗
只想把每一个日子
过得粒粒饱满串串金黄
让平实的一生
成色十足

走在前头的秋
似乎放慢了脚步
蹲在地头的父亲
用命守着命
那一堰沙沙的谷子
唱响秋色

# 看秋红满天

秋红满天时
我在泼墨
一砚砚地点缀
底色与背景
笔落处
不忍把那叶
描成黑

金银堆成山
也换不回
一枚叶子的绿
如果
一叶不能成诗
那红
怎会满天

友人深爱缥缈幻境

挥手间

就把一个秋

朦胧地

红晕微醉

# 北国的雪落声

站在
少雪的江南
眺望北国
高远的天空
雪的消息
被霾藏

遮断的视觉嗅觉
在听觉里发达
无声无息处
常常听到
北国的雪落声
沙　　沙　　沙
簇　　簇　　簇
瑟　　瑟　　瑟

沙沙沙

是雪轻歌曼舞
落在梦里
早晨推门惊见
一个圣洁的世界

簇簇簇
一定是鹅毛大雪
一簇一簇
急急地飘来
浓浓地盛开

瑟瑟瑟
天最冷时
雪花冻得发抖
落到地下
结成冰的晶莹

北国的雪落声
无论哪一韵
飘到江南
都湿心

# 桥 横亘心底

一座小桥
长不足百米
自家乡延水河畔
横亘在
沧桑的心底

那是山里与山外
唯一的通道
近四十年
出行的向往与离愁
归来的欣然与情思
全在那座
像父亲脊梁骨一样
瘦硬的桥上
交错　磨碾

最是第一次

走出山外的艰难

犹似剥离母体的痛楚

桥的分量

在新生中分娩

今日　冬归

欲将桥身

做成一幅静物珍藏

却掏不尽

心底成摞的记忆

# 空杯畅吟

一日
与友人小酌
酒至微醺
口舌异常伶俐

友问
何为诗
答曰
说不出的话
唱不尽的歌
跳不动的舞

又问
作诗何为
又答
吟哦喜怒哀乐的真相

为生命的烂漫写意

再问
于何处成诗
再答
在心灵的暗角
与荒芜处
点颗豆
是爱
长成苗
就是
诗

友人换大盏
一饮而尽
举杯示问

我醉回

空

杯

成

诗

# 一盏酒香一船雨

一只瓦罐
满满的夜
藏着
弯弯曲曲的酒香
有豪客驻足
相忘江湖
醉了又醉

记不得来路
走不出
那个世界
那只红色的高脚杯
听着江南雨响
想着北国雪飞

一盏品过
再来一杯

一杯

就是一船的雨

只闻春鸣

不知归

寒流南下

已作

醉逸芳菲

# 桃花雪

三月
桃花雪
朵朵急
簇簇浓
串串稠
一怒成诗

若
依韵长吟
只一声
就可填满
雪花
对江南冬月
冷峻的承诺

回北方看桃花

树树都是雪
白的本真
粉的烂漫
绿的宣言
紫的
梅魂

重返沪上
玉兰正浓
桃枝把贲张的血脉
攥成鼓动的花苞
静待
玉盏开遍香过
随我
一声呼啸
千树

蕾语

漫

天

飘

# 听我反刍

白天穿起黑袍
倾听
夜色呢喃
一头牛
用牛劲咀嚼

匆匆咽下的草节
像硬骨难啃
寂息在喉头的长哞
梗得太久
强咽下的鞭痛
一直消化不了
没进牛脑的生存理念
在胃里钙化
……
好在牛心如初
吐出来嚼碎

再咽下
一生的营养

夜漆黑
牛眼亮着
咀嚼声
响透黎明

我属牛

# 命中的雪山

雪山
一座挨着一座
仿佛长在眼底心底
长成了信仰的本色与笃定
抬头望去
仍耸立在遥远的天空
看久了会流泪
会生出一丝一缕
莫名的感动
与隐隐的痛

似乎早已知晓
大自然的脚步
走进高山的腹地
就停在了寒冬
那终年不化的雪
那梅样热烈的冷

滋养着雪山
看久了
看懂了
真的会很痛
像不忍心看着自己
满头白发的母亲

曾衔命去过高原
离雪山很近很近
雪莲高贵地开在山顶
一蓬一蓬的格桑花
在没有积雪的地方
开得很艳很静
我曾懵懵懂懂地问过
那是谁
献给雪山的冰心
山下还有圣湖

朝圣的那些人
都像圣人

十几年前
我在茫茫雪中
写下一首雪意纷飞的诗
用雪狼署了笔名
那雪山
可是我最原始的故乡
命系着命

# 汨罗江的爱与恨

不想探究
一个节日的原始
也无意求证
粽子捆绑着什么心意
艾草避的是哪路邪
祛不祛心病
一艘艘五彩的龙船
怎样人啸龙吟

只感叹
一江水
为一个英雄
滚滚不息
从古流到今
只感动
一个国家
一个民族

赋予一江大爱
消解历史深处的恨

继而
每年的那一天
不忍吃一个粽子
怕包着的千古冤屈
结肠而痛
也不敢动一丝诗念
那《离骚》
缠绵悱恻的哀怨
那《九歌》
忧世伤思的绝唱
那《天问》
愤慨卓绝的拷问
沿着一江水
在天地间

隆隆

回响

轰鸣

（作于 2016 年端午节后）

# 心裸

写下题目
就心痴语塞了
几日后偶然出行
惊见一处　裸心谷
才悟得诗源在此
心缘于斯

整装
步行到谷底
想看看
心裸是什么样子
听友人言
几年前曾前来静修
为自己
并不沧桑的心
换了套新衣

裸者

一个光字最生动

一腔真意最贴切

裸身

脱去衣衫才能见光

裸心

脱去什么方可归真

是贪欲妄念奢求的伪装

还是烦乱忧郁苦楚的伤痛

抑或

红尘中的蒙尘

俗世里的恶俗

浮生间的浮躁

凝思处忽听得

随行者随意一言

扒开身外之物

找到一己之心
到谷深幽静处
养一养元气
晒一晒太阳

扒开　找到
养养　晒晒
似乎就是
裸心的过程与意义
只担心有的人心
已假致失真
乱到无序
一个假期能不能找得到
找到了能不能认得出

注：裸心谷，位于浙江湖州德清莫干山，一处休闲养心之地。

# 十年空间的反刍

重归京城
三十七年的帝都军旅
不停地在心空回放
其间的一个十年
感觉疙疙瘩瘩
反刍多遍也难下咽

那个十年
是一个方位
由北而东
从东向西

那个十年
是一场战斗
冲锋时受阻
突围中制胜

那个十年
是一方禅心
放下　归零
涅槃　新生

那时的霾
比现在还重
一双眼见不到另一双眼
一颗心看不透另一颗心

那时的有些路
比当下走起来还难
正着走会越走越远
邪着走才能到达目的地

那时的有些人
比如今的有些人还假

张口十句话
九句扯谎
剩下一句真的
半句是梦话
半句是醉话

好在霾再深
终究锁不住太阳
路再邪
正道才是沧桑
假人假话
怎会连篇
天道人心
永远在真人手中

# 千年一诳

不须摇滚
梦已回到唐朝
豪士汪伦用一封信
把诗仙李白诳到泾县
李白用一首诗
把一代又一代后人
诳到了桃花潭

何时见
十里桃花
哪里有
万家酒店
谁人可作证
潭水深及千尺
一纸智巧与谐趣
放达古士文人心量

演得以诳对诳
诳出了千古佳话
诳出了千古绝唱

昨日
踏歌古岸
汪伦刚刚送走李白
今晌
我沿着青弋江畔
不请自来
邀汪伦
踏歌岸阁
诳说十里桃花运
对饮万家桃花酒
情深
若不及千尺

不停杯

不回还

注：相传唐代天宝年间，安徽泾县豪士汪伦闻知李白旅居歙县，遂修书告曰：先生好游乎？此地有十里桃花（桃花渡）；先生好酒乎？此地有万家酒店（店家姓万）。李白欣然而来，见所言非实，但为汪之幽默与盛情感动，临别作千古绝唱《赠汪伦》：李白乘舟将欲行，忽闻岸上踏歌声。桃花潭水深千尺，不及汪伦送我情。后人为纪念李汪情谊，称东园古渡“踏歌古岸”，明代又在旁边建“踏歌岸阁”。

# 穿过身体的眼睛

从康体中心的床上醒来
惺惺忪忪似有一悟
人　我之类
该是宇宙所有生命体中
最神秘的动物
或最怪诞的生物
谁也搞不清我是谁
我从哪来到哪去
但谁都认认真真
活得轰轰烈烈
或悲悲戚戚

看真自己的外表
已不容易
看清体内的五脏六腑
与病入祸出的通道
曾经是

## 神话与寓言

当我的眼睛
穿过自己的身体
感觉是另一个世界
活在陌生的体内
一里一外
哪一个才算
真实可信的长相
一颗心在泵跳
一腔血在流转
一口气在吐纳
生命究竟活在
我的内部还是外部

当我的眼睛穿过身体时
没看到我的心

做出思考的动作
以及那么多妄念
怎么运化成蝶
我　我之类
真不知道
自己如何长成这个模样
包括思想的形状

（作于 2016 年 8 月在上海长海医院体检期间）

# 斑驳的阳光

那天
阳光普照
我看到
有些人有些物有些事
逆光而居
地上
遂有了阴影

早晨
我向东而立
前面的一棵树
把阳光
斑驳得七零八落
我也被斑驳
一地细碎的骨节
熠熠生辉

又想起

那句智者的忠告

人啊

需要的太少

想要的太多

不绝于心的妄想奢求

把岁月

斑驳得走光漏气

蹉跎了蹉跎

坎坷中坎坷

# 堆成数字的岁月

有人
有男有女
用祖先留下的万年历
数尽前世今生
每个日子的炎凉
可谁也算不出
多少欢乐
才能填满一寸心殇

用不着启动高级程序
把时光越算越复杂
四则运算就够了
加减乘除
得数明了澄亮
未了的心愿
打包进冬季冷藏

许多奢望
在奢求中夭折
移动鼠标
弃置垃圾箱
一旦病毒入侵
出现乱码
格式化不能去根
用中药
清净心肠

最后
把精彩的段落
放到首页或桌面
淡了　痛了
激活回放

# 无语

## （一）

午夜时分
起风了
有人在江畔
把自己
当风筝放飞

靠近月亮
不是为了取暖
也不是为了
扯一片云彩飘远
一双翅膀
长在誓言里
只求每一个步履
都能脚踏实地

当霞光红透
经夜的雨露
怎能
面对丽日芳菲
说出自己的痛
在轮回

（二）

秋冻
提前上市
来不及
换上那件风衣
偶感风寒
踱入心头静养

校园里
有些花开始凋零

有些花
仍满目春色
在一段岁月里
并列着
两个季节的香

花语朵朵
用花瓣沉默
将一刀惆怅
收入花苞
待梅深万里时
吟一曲铁血红韵
仗剑出鞘

## （三）

香饰的尼古丁

缭绕着

紧锁在眉头的刀锋

一支接一支

吞下的是心殇

吐出的是

吐不出的痛

嗜痛成瘾

但麻醉不了

每个醒后的黎明

纤指轻点

做成一盒盒奢华

一支支精致

可奢华的毒素

更毒

精致的痛

更痛

自醉
不是真醉
静待梅冷雪深
无语
不是无型
手起刀落处
不过
一啸长吟

# 归魂

在一部舞蹈诗中
又看到那句
古印第安人的谚语
别走得太快
等等灵魂
故而又记起
纪伯伦的忠告
我们已经走得太远
以至于忘记了
为什么出发

句句如锥
在心窝上戳出血
一次又一次
拷问自己
自称为万物之灵的人

何以走失了灵魂
是什么样的魔与惑
让生命迷失到
没有了知觉
淡忘了初心

忽而笔端响起
一句台词
忘记过去
就意味着背叛
逻辑相通
若走失灵魂
就成了行尸走肉
如忘记初心
人啊人
就背叛了自己

试看当下落马贪官
莫不如是

注：纪伯伦（1883—1931），黎巴嫩著名作家，阿拉伯文学的主要奠基人。"忘记过去就意味着背叛"是中国20世纪50年代广泛传播的儿童剧《以革命的名义》（后拍成电影）中，列宁的一句台词。

# 收藏最后一个节令

大寒
彻骨的冷色
挂在
瑟瑟的天空

疏离了
远方的情愫
举目即成冰凌
只有思念
暖暖地
掩在怀中

隔窗遥望
滔滔的黄浦江
在心头穿梭
落雪不住
没有冰封

收藏起

年轮的回响

把节令当军令

仗剑聆听

（作于 2017 年 1 月 20 日沪上大寒时分）

# 后记

一生军旅生涯，一路仗剑行吟。这似乎是对我人生的诗意回眸。想来，最初写诗，纯属“娱乐”；随后，作为“心灵的体操”，养心保健；再后来，工作之余吟诗品诗写诗，竟成了一种生活方式。虽谈不上什么诗意地生活，但军旅岁月真的就多了些许诗意。正如习近平主席讲的：“学诗可以情飞扬、志高昂、人灵秀。”故而，欲罢不能，耕耘不辍，乐此不疲，还真就成了点“气候”。迄今已出版诗集六部，加此集七部。遂聊以回眸一啸、放歌开怀！

借此，感谢长期以来支持鼓励我写诗出书的各位师长、首长、专家及诗友、朋友，感谢为这部诗集付梓费心出力的所有同志、战友。

王锋　2017年春月于沪上